画给孩子的自然通识课

沙漠，寸草不生吗

童心　编绘

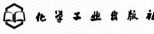

化学工业出版社

·北京·

图书在版编目（CIP）数据

沙漠，寸草不生吗 / 童心编绘 . —北京：化学工业出
版社，2024.7
（画给孩子的自然通识课）
ISBN 978-7-122-45582-6

Ⅰ . ①沙… Ⅱ . ①童… Ⅲ . ①儿童故事 - 图画故事 -
中国 - 当代 Ⅳ . ① I287.8

中国国家版本馆 CIP 数据核字（2024）第 091177 号

SHAMO，CUNCAO-BUSHENG MA

沙漠，寸草不生吗

责任编辑：隋权玲　　　　　　　　　　　装帧设计：宁静静
责任校对：李露洁

出版发行：化学工业出版社（北京市东城区青年湖南街 13 号　邮政编码 100011）
印　　装：北京宝隆世纪印刷有限公司
880mm×1230mm　1/24　印张 1½　字数 15 千字　2024 年 7 月北京第 1 版第 1 次印刷

购书咨询：010-64518888　　　　　　　　售后服务：010-64518899
网　　址：http://www.cip.com.cn
凡购买本书，如有缺损质量问题，本社销售中心负责调换。

定　　价：16.80 元　　　　　　　　　　版权所有　违者必究

目 录

在世界上的很多地方，我们都可以看见沙漠。虽然在沙漠里，很少看到绿色的树木、多彩的花儿和各种小动物，可是在地下，却埋藏着丰富的矿产和石油。

其实，一个地区的地面如果被沙丘所覆盖，植被稀少，且雨水稀少，那么，这个地区就可以被称为沙漠。

沙漠从哪里来？

沙漠是一个极端干旱的地方，那里到处都是岩石和沙子，远远望去，就像一片黄色的海洋。沙漠的形成涉及多个因素，其中干旱和风力作用是两个主要原因。

① 从前，有一些巨大的岩石存在于荒野里。那里常常刮起大风，下起大雨，岩石一会儿被淋湿，一会儿被吹干。

② 不知过了多少年，寒来暑往，经过长时间的日晒雨淋和风化作用，岩石逐渐崩裂、破碎，形成了许多小石块，我们称之为砾石。

③ 慢慢地，风儿又继续碾碎、打磨砾石，直到把它们变成细小的沙粒。

④ 沙粒在风力作用下不断移动、聚集，最终在特定的地形和气候条件下形成沙漠。

😊 沙漠形成示意图

模样奇怪的沙漠

因为风和天气的原因，沙漠的样子真是千变万化呢！就算是同一片沙漠，也会常常变换模样，有时早晨长这样，到下午就变成了另一个样子。

干谷

也叫死谷，是没有水的河道。

桌子山

这些山因山顶平坦形状像桌子而得名。

洪积扇

长时间干旱后的暴雨会使干涸河道水流暴涨，形成暂时性河流，其携带的泥沙石块进入沙漠后流速减缓沉积，形成洪积扇。

干盐湖

这里有各种各样的结晶盐和其他矿产。

沙丘

沙粒被风力堆积成不同的小沙堆，就叫沙丘。

横沙丘

这里沙子很多，大风从一个方向吹来。

新月形沙丘

像一弯新月，这里沙子少，风从一个方向吹来。

沙漠车队

星状沙丘

这里沙子很多，风从各个方向吹来。

沙海

由复杂而有规则的大小沙丘排列而成，一望无际，故称沙海。

风蚀柱

岩层不断地被风沙吹蚀，慢慢形成一块块像柱子一样的岩石。

倒石堆

山坡上的石块崩塌落下，慢慢堆积而成。

蘑菇石

风不断地吹打着岩石，使其下部被磨蚀得越来越小，而上部相对较大，这种基部小、上部大的岩石就被称为"蘑菇石"。

岛山

由多种地质过程，包括风沙侵蚀，形成的孤立小山。

沙尘暴来啦

① 沙漠里刮起大风，是一件非常可怕的事。瞧，一阵狂风刮来，不断吹起沙尘。

② 很快，沙漠里变得天昏地暗，远远一看，就像一堵快速移动的黑黄色土墙，这就是沙尘暴。

③ 沙尘暴是破坏王，它会污染空气，覆盖并埋没农田，使农作物受损。

沙尘暴会带给人类巨大的灾难。我们要多种植植物，固定土壤，保持生态平衡，减少沙尘暴的发生。

☺在沙尘暴天气里，人们出门要戴口罩。

沙尘天气分为五类

浮尘： 尘土、细沙均匀地飘浮在空中，使水平能见度小于10千米的天气现象。

扬沙： 风将地面尘沙吹起，使空气相当混浊，水平能见度在1～10千米以内的天气现象。

沙尘暴： 强风将地面大量尘沙吹起，使空气很混浊，水平能见度小于1千米的天气现象。

强沙尘暴： 大风将地面尘沙吹起，使空气很混浊，水平能见度小于500米的天气现象。

特强沙尘暴： 狂风将地面尘沙吹起，使空气特别混浊，水平能见度小于50米的天气现象。

☺沙尘暴来袭

会移动的沙丘

走进沙漠里，你会看见各种各样的沙丘。它们有的像星星，有的像月亮，有的像字母"S"，还有的像一股大波浪……

恐怖的声音

当风力作用使沙粒在沙丘上重新堆积时会发出声音，这是怎么回事呢？原来，沙粒被吹到沙丘的背面，滑落时会发出低沉的轰鸣声，有时在几千米远的地方也能听到，真是让人又惊奇又害怕啊！

◎太空中拍摄的地球沙尘暴的照片

沙丘迎风的一面比较陡峭和坚硬，在上面可以较稳定地开车。沙丘背风的一面比较柔软，人走上去可能会深深地陷进去。

风

风

风

◎沙丘移动示意图

① 当风将沙粒吹向坚硬的岩石表面时，沙粒会被弹起并重新分布，从而逐渐改变沙丘的形状和位置。
② 有时，风把许多沙粒一起从沙丘的一面吹到另一面，这时，沙丘在"流动"着移动。
③ 风推动着沙丘不断地往前移动，不管遇到什么，都会将它掩埋。

沙漠里的天气

白天，沙漠上空云特别少，太阳火辣辣地烤着沙漠，沙子不断地吸收热量，所以气温越来越高。

晚上不仅没有温暖的阳光，沙子散热还特别快，而且没有云层阻挡，热量迅速散失到周围环境中，所以晚上的温度会越来越低。

沙漠里的阵雨常常只有几分钟，雨点很大，下得很急，而且雨量也很小。

☺智利阿塔卡马沙漠，是世界上最干旱的地区之一，几乎不下雨。

世界上最大的沙漠——撒哈拉沙漠

　　撒哈拉沙漠非常干旱，一些地方甚至几十年都没有下雨。可是，在约6000年前，这里曾是一个植物繁茂的地方，生活着许多动植物，有水牛、大象、长颈鹿、鳄鱼……

　　撒哈拉沙漠在遥远的非洲，它是世界上最大的沙漠。

穿越撒哈拉沙漠的旅行

撒哈拉沙漠炎热干旱，那里还散布有一些绿洲，绿洲里不仅有高大的树木、嫩绿的小草、活泼的动物，还生活着一些人。

柏树

柏树喜欢光照，很耐旱。它生长缓慢，寿命很长。

非洲野驴

非洲野驴不怕烈日的暴晒，它们结成小群，在一头机警的雌驴的带领下活动。

细尾獴

细尾獴主要以昆虫为食，也会吃蜥蜴、蛇、植物和小型哺乳动物。

眼镜蛇

小画眉草

眼镜蛇被激怒时，会将身体前段竖起，颈部皮褶两侧膨胀，还会发出"呼呼"声，十分吓人。

北非刺猬

炎热的夏天，当食物短缺时，北非刺猬会钻进洞里进行夏眠，冬季则进行冬眠。

玛瑙螺

干旱季节玛瑙螺通过夏眠存活下来，直到雨水把它们浇醒。

跳鼠

跳鼠的后腿长而有力，使得它们善于跳跃，一步可跳2～3米或更远。

三芒草

三芒草生命力很顽强，在沙漠中常常可以看到，羊和骆驼都喜欢吃。

柽柳

柽（chēng）柳的根很长，有时会长到十几米，可以吸到深层的地下水。

珍珠鸡

珍珠鸡性情温和，喜欢登高栖息，通常成群生活。

旋角羚

旋角羚常常成群一起活动，它们是夜行性动物，能长时间不饮水而依靠食物中的水分维持生命。

海枣树

海枣树生长需要强烈的光照，它结出的果实叫椰枣，营养丰富。

山羊

为了生存，山羊们慢慢学会了爬树。"羊上树"已经成为撒哈拉沙漠里一道独特的风景。

油橄榄

油橄榄喜欢炎热的天气，它的果实能吃，还能加工成橄榄油。

柏柏里羊

柏柏里羊是撒哈拉沙漠特有的野生绵羊。

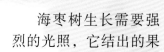

小画眉草

小画眉草在沙漠里很常见，新鲜时有臭腥味。

沙鼠

沙鼠生活在干旱的荒漠里，它们用后肢跳跃移动。

图阿雷格人

图阿雷格人生活在非洲撒哈拉沙漠的边缘，擅长寻找水源和新鲜的牧草，主要进行游牧生活。

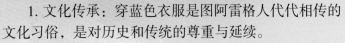

图阿雷格男人常常
戴着蓝色面纱。

图阿雷格人为什么喜欢穿深色衣服？

图阿雷格人喜欢穿深色（尤其是蓝色）衣服，有以下原因：

1. 文化传承：穿蓝色衣服是图阿雷格人代代相传的文化习俗，是对历史和传统的尊重与延续。

2. 环境智慧：图阿雷格人所处的撒哈拉沙漠夜晚温度骤降，深色衣物有助于吸收并保留白天的热量，保持夜间温暖。

3. 社会身份认同：蓝色衣物，特别是男性佩戴的蓝色面纱，是图阿雷格人身份的重要标志，象征着勇气、尊严和成年，还是社会地位的体现，与他们过去的武士传统和商旅生活紧密相连。

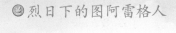

烈日下的图阿雷格人

天气这么热，你为什么不像我一样，穿着白色衣服呢？

深色衣服可以在一定程度上减少紫外线对皮肤的伤害。

救人性命的尿液

　　沙漠里炎热干燥，人体会不断地出汗，使身体水分蒸发。当体内严重缺水且周围无水时，人们可能会考虑饮用自己的尿液以补充水分。所以，在沙漠中尿液可能会在危急时候，救你一命。

更格卢鼠能浓缩尿液吗？

　　为了更好地在沙漠里生活，更格卢鼠发展出了高效的身体节水机制，能浓缩尿液，它们排出的尿几乎接近于不含水的结晶体。

　　原来，更格卢鼠的肾脏有特殊的结构和功能，可高效回收尿液中的水分，同时排出高浓度的盐分和其他废物。

沙漠中的应急水源

　　许多从沙漠中死里逃生的人发现，形形色色的仙人掌中都含有一定水分，可以作为沙漠中的临时水源。

　　另外，在极端情况下，动物的血液（尽管不推荐，因其可能含有病原体）、昆虫的体液也可以作为应急水源，但应谨慎使用。

古老的纳米布沙漠

纳米布沙漠，在非洲南部，紧临大西洋。纳米布沙漠是一片凉爽的海岸荒漠，以艳丽的红色沙丘而闻名世界。

世界上最高的沙丘

苏丝斯黎沙丘是世界上最高的沙丘，高约325米。

环绕着纳米布沙漠，有一个纳米布-诺克卢福国家公园，它以独特的地貌、红色沙丘、干枯的河床（如死亡谷）和丰富的野生动植物种群而闻名。在这里，游客可以观赏到剑羚等典型的干旱地区动物，也有机会见到通常不常见于该地区的动物，如大象和狮子。

死亡谷

很久以前，死亡谷还是一条大河，河岸边生长着许多树木。后来，气候变得很干燥，河道逐渐干涸，接着，风沙掩埋了河床和树木。大约过了2万年，经风沙吹打，河床再次暴露出来，那些被掩埋的树木已经成了褐色的硅化木。

布须曼人

　　布须曼人，是生活在非洲南部沙漠里的一个原始部族，靠打猎和采集植物的根、茎及野果为食，有资料显示，2001年时，其人口约12万；2016年时，其人口约7.8万。

房屋

　　布须曼人的房屋通常很简单，以适应他们游牧和狩猎采集的生活方式。

外形

　　布须曼人身材矮小，成年后，女性身高一般在1.38米左右，男性身高不超过1.60米。布须曼人的皮肤黄里透红，其头发卷曲而浓密。

生活

　　布须曼人以小规模社群的形式生活，他们总是把食物放在一起，共同享用；他们合作进行狩猎和采集。

迁移

　　到了冬季，水和食物严重不足，布须曼人就会以家庭为单位向不同的方向迁移，寻找新的食物和水源。

快来埃托沙国家公园玩吧

火烈鸟

　　埃托沙国家公园是纳米比亚著名的旅游景点，那里栖息着许多珍禽异兽，斑马、羚羊、鬣狗在稀树草原上奔跑，长颈鹿、狷羚在树林里游荡，豹出没于灌木丛中，大象随处可见……

角马

斑马

　　雨季到来，植物逐渐茂盛，大批动物赶来这里……

　　数以万计的斑马和角马从东北面的安多尼平原迁徙而来。

地面有鸵鸟，空中有火烈鸟、秃鹰、伯劳鸟。

伯劳鸟

秃鹰

长颈鹿和大象群排着长长的队伍，慢腾腾地走着。

金合欢树

金合欢树生长在河道沿岸，开花时一片金黄灿烂，远远看像一团黄色的云彩。

鸵鸟

猎豹

鬣狗

角马

这里生活着大群的跳羚、狷羚、非洲南部棕羚及白羚等。

狮子、鬣狗、猎豹及野狗藏在草丛中伺机捕食。

狮子

跳羚

跳羚因擅长跳跃而得名，在受惊或嬉戏时，常常可以跳3～3.5米高，并可连续跳跃五六次，实在厉害。

沙漠居民怎么生活

布须曼人的取水妙法

沙漠里非常缺水，不过，聪明的布须曼人有一个巧妙的取水方法。每当地面潮湿时，他们用特制的工具将水分吸取出来，再放进鸵鸟蛋壳里，等需要的时候就拿出来饮用。

图阿雷格人

图阿雷格人放养了一大群骆驼和羊，为他们提供奶制品和肉类。在无法打猎和出去采摘野果的时候，他们就烤肉吃。

食物保鲜——"沙漠冰箱"

① ② ③ ④

沙漠里温度很高，为了保鲜食物，沙漠居民发明了一种独特的保鲜方法——"沙漠冰箱"，即罐中罐。具体做法如下：

贝都因人

贝都因人驯养一种叫隼的鸟，非常凶猛，可以为他们捕捉猎物。

① 把一个小罐子放在一个大罐子里
② 在两个罐子之间填上潮湿的沙子。
③ 将需要保鲜的食物或饮料放在里面的小罐子里，再用湿布盖上罐口。
④ 把罐子放在干燥通风的地方，经常往罐子上洒些水，保持沙子的湿润，这样就能保鲜啦！

会移动的房子

大部分沙漠居民是游牧民族，不过，也有一些沙漠居民过着定居生活哟！一起来看看沙漠里的房子到底长什么模样吧！

贝都因人用羊皮搭起一个大大的帐篷，这就是他们的家。羊皮很厚，可以阻挡风沙，即使在晚上也不会觉得冷。

柏柏尔人的房屋很特别。他们先在地势较高的地方挖一个大坑，直径大约10米，深6~7米，然后，在坑壁上挖出一个个可以居住的洞穴，坑底的中央便成了一个露天大院。

图阿雷格人的帐篷是用兽皮做的，只用几根木头支起来，非常简陋。在需要搬家时，这种房子可以很快拆除。

有些沙漠居民过着定居生活，他们用干土或石块建造房屋。

神秘的塔克拉玛干沙漠

　　塔克拉玛干沙漠是中国最大的沙漠，也是世界第二大流动性沙漠。塔克拉玛干沙漠位于新疆塔里木盆地，在当地的意思是"进去出不来的地方"。

东方庞贝城

　　考古学家从塔克拉玛干沙漠里挖掘出了一座古城遗址，里面有寺庙、学校、医院、官府等许多建筑，被称为"尼雅遗址"，这座古城被形象地称为"东方庞贝城"。据考古学家分析，荒凉的塔克拉玛干沙漠里曾经有过一座繁华热闹的城市。

圣墓山

　　圣墓山又叫红白山，海拔约1570米，由红色的沙岩、白色的石膏和露出地面的沉积岩形成。

风蚀蘑菇

　　圣墓山上有一个奇特的"蘑菇"，它是岩石因为风沙的侵蚀逐渐被雕刻成蘑菇的样子，是自然界中一种独特的地质景观，巨大的伞盖下面，可以供十几个人休息。

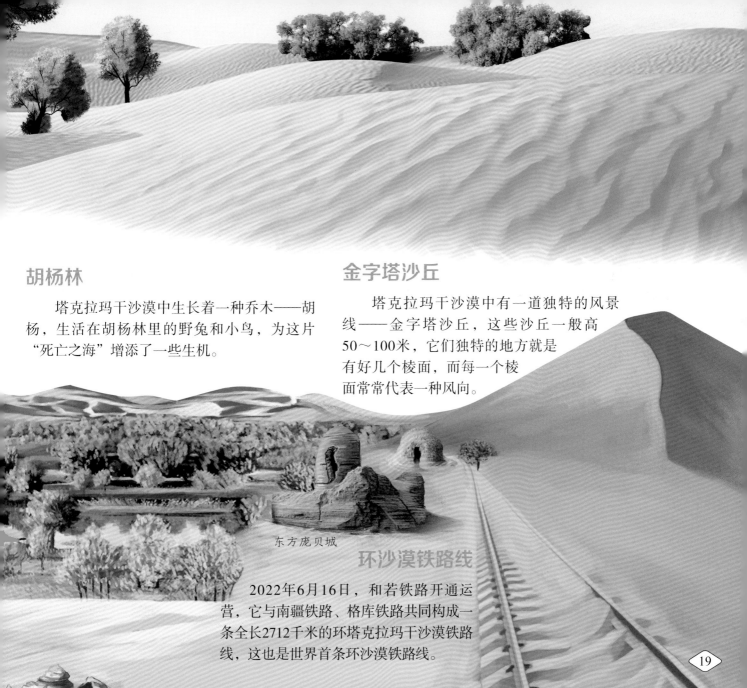

胡杨林

塔克拉玛干沙漠中生长着一种乔木——胡杨，生活在胡杨林里的野兔和小鸟，为这片"死亡之海"增添了一些生机。

金字塔沙丘

塔克拉玛干沙漠中有一道独特的风景线——金字塔沙丘，这些沙丘一般高50～100米，它们独特的地方就是有好几个棱面，而每一个棱面常常代表一种风向。

东方庞贝城

环沙漠铁路线

2022年6月16日，和若铁路开通运营，它与南疆铁路、格库铁路共同构成一条全长2712千米的环塔克拉玛干沙漠铁路线，这也是世界首条环沙漠铁路线。

沙漠里的绿洲

白尾地鸦

绿洲是沙漠中最热闹的地方，人们在田地里忙碌，小动物们在湖边吃草、饮水、休憩，生活得十分和睦。

羚羊群

野猪

猞猁

塔里木兔

绿洲的形成

高山上有厚厚的冰雪，夏季冰雪消融，雪水穿过山谷的缝隙流到沙漠的低谷里，滋润了沙漠中的植物，慢慢地便形成了一个个绿洲。

狐狸

野马

沙蟒

沙漠绿洲形成示意图

在我国塔克拉玛干沙漠里的绿洲，人们种植了许多农作物，你认识哪些呢？

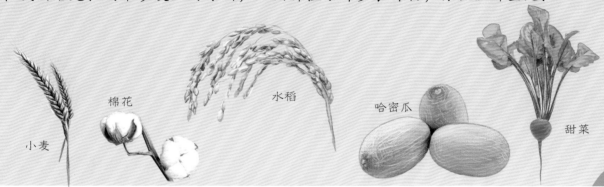

小麦
棉花
水稻
哈密瓜
甜菜

柽柳
芦苇
沙漠绿洲上的植物
灌木丛
骆驼刺
胡杨树
蒺藜

欢迎游览沙漠绿洲

❶ 撒哈拉绿洲

在撒哈拉沙漠的绿洲里，生长着许多海枣树，那里的人们和小动物都喜欢吃它的果实。

❷ 达赫莱绿洲

达赫莱绿洲的水主要来自地下水，由砂岩含水层补给。泉和井（有些是自流井）是这些地下水自然涌出的地方。

❸ 卡提夫绿洲

卡提夫绿洲位于沙特阿拉伯，它的西边是著名的阿尔达纳沙漠，这里最出名的就是泉水和棕榈树了。

❹ 艾尔哈撒绿洲

艾尔哈撒绿洲是世界上最大的靠地下水补给形成的绿洲之一，其地下水资源十分丰富，自古就有人居住。

❺ 瓦卡齐纳绿洲

瓦卡齐纳绿洲在秘鲁，是一个环绕着湖泊建成的小村庄，现在已经成为著名的度假胜地了。

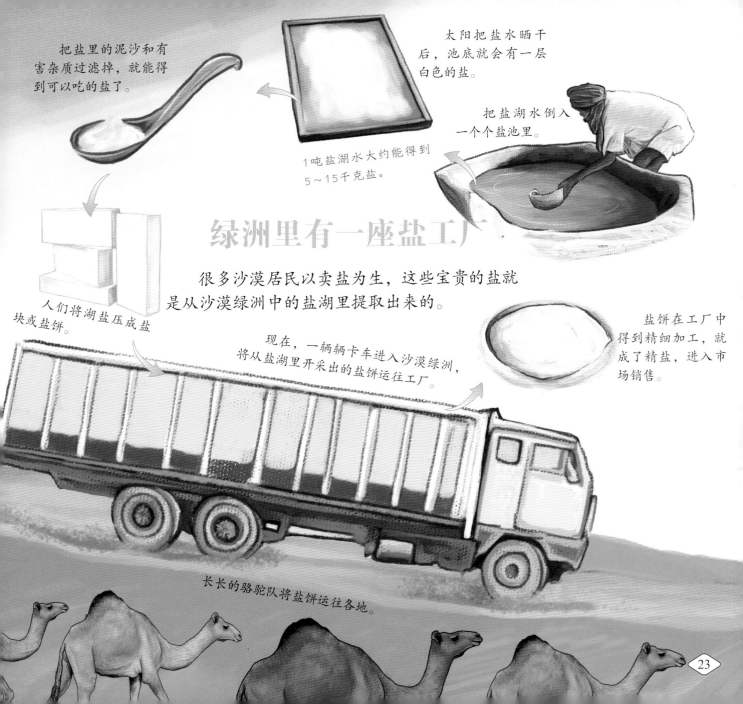

把盐里的泥沙和有害杂质过滤掉，就能得到可以吃的盐了。

太阳把盐水晒干后，池底就会有一层白色的盐。

把盐湖水倒入一个个盐池里。

1吨盐湖水大约能得到5～15千克盐。

绿洲里有一座盐工厂

很多沙漠居民以卖盐为生，这些宝贵的盐就是从沙漠绿洲中的盐湖里提取出来的。

人们将湖盐压成盐块或盐饼。

盐饼在工厂中得到精细加工，就成了精盐，进入市场销售。

现在，一辆辆卡车进入沙漠绿洲，将从盐湖里开采出的盐饼运往工厂。

长长的骆驼队将盐饼运往各地。

23

沙漠之舟——骆驼

单峰骆驼

驼峰

骆驼的驼峰里贮存着大量的脂肪，当骆驼找不到食物时，这些脂肪可以转化为能量，帮助它们生存一个月之久。

除了驼峰，骆驼还有哪些适应沙漠生活的身体特征？

1. 耳朵里有毛，能阻挡风沙进入；
2. 睫毛很长，可以防止风沙进入眼睛；
3. 鼻孔能自由关闭，防止沙尘进入；
4. 脚掌扁平，脚下有又厚又软的肉垫，不会陷在柔软的沙子里。

骆驼为什么能长时间不喝水？

骆驼能够高效地利用和保存水分，通过尿液浓缩和减少排汗来减少水分的流失；它们的身体有特殊的储水机制，可以贮存水分以备不时之需。这些贮存的水可以在缺水时供应给骆驼，所以它们能长期不喝水。

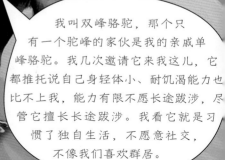

双峰骆驼

我叫双峰骆驼，那个只有一个驼峰的家伙是我的亲戚单峰骆驼。我几次邀请它来我这儿，它都推托说自己身轻体小、耐饥渴能力也比不上我，能力有限不愿长途跋涉，尽管它擅长长途跋涉。我看它就是习惯了独自生活，不愿意社交，不像我们喜欢群居。

你看见过海市蜃楼吗？

　　走在寂静荒凉的沙漠里，突然，远处出现了一片湖水、茂盛翠绿的树木、城市……这时，一阵大风吹过，眼前又变成了一片黄沙。这，就是海市蜃楼。

🌀海市蜃楼示意图

　　海市蜃楼通常在晴朗、没有风或风很小的天气里才能看到。

　　海市蜃楼是大气中因光线折射而形成的一种自然现象，多在夏天出现在沿海一带或沙漠地区。在沙漠中，强烈日照使地面附近空气受热膨胀变稀薄，而上层空气相对较冷、密度较高。当光线穿越这些不同密度的空气层时，会发生折射和反射，导致远处景象的光线路径弯曲，从而在人们眼前形成悬浮或地面之上的虚幻影像，带来既神奇又迷人的自然奇景。

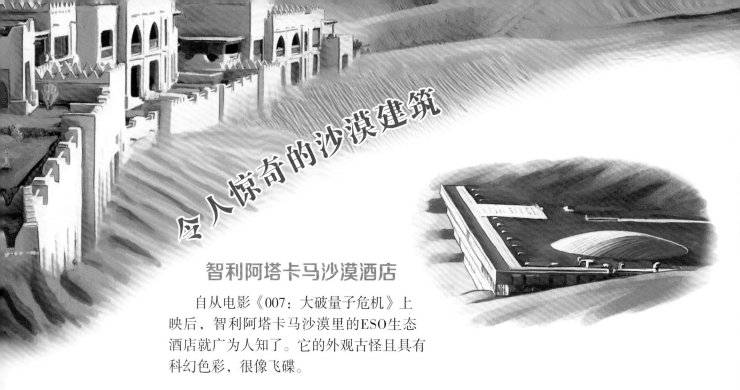

令人惊奇的沙漠建筑

智利阿塔卡马沙漠酒店

自从电影《007：大破量子危机》上映后，智利阿塔卡马沙漠里的ESO生态酒店就广为人知了。它的外观古怪且具有科幻色彩，很像飞碟。

赌城拉斯维加斯

在美国西部的沙漠中，有一座繁华热闹的城市，那里灯火通明，时尚富有，吸引着世界各地的游客，尤其是那些喜欢赌博的人，它就是"世界赌城"——拉斯维加斯。

埃及金字塔

离埃及首都开罗不远的沙漠里，分布着大大小小的建筑物，它们的底座呈四方形，有四个侧面，每个侧面都是三角形，远远看去，就像汉字的"金"字，于是中文里人们就叫它金字塔。金字塔是古埃及法老的陵墓。

金字塔的建造非常特别，全部用巨大的石块堆砌而成。

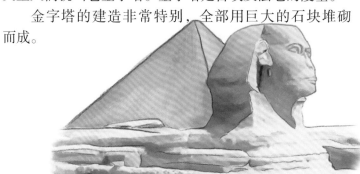

被黄沙掩埋的楼兰古城

大约在2200年前，楼兰王国在新疆的罗布泊地区建立了一座城市。那里气候适宜，土壤肥沃，草木茂盛，很快发展成为一个繁华的城市。

后来，由于环境的破坏和气候的变化，水丰鱼肥的大湖——罗布泊逐渐干涸，于是，辉煌的楼兰城也随之失去了生机。公元4至5世纪间，楼兰逐渐从历史舞台淡出。

太阳墓

楼兰古城附近有一种神秘的墓穴。这些墓穴被一层又一层、由细到粗的圆木环绕，墓穴外围则呈放射状排列着一行行圆木，形如太阳的光芒，于是考古学家为它们起名"太阳墓"。在发现的7座太阳墓中，最多的一座竟然用了1万多根圆木。

楼兰美女

1980年，考古学家在楼兰古城遗址发现了一具保存完好的女性木乃伊。经过现代科技手段复原后，这位女性的形象栩栩如生地出现在人们面前——她有着古铜色的皮肤，眼睛大而深邃，鼻梁高而挺直，下巴尖尖的，展现出一种异域风情之美。

澳大利亚沙漠

　　澳大利亚沙漠是世界第四大沙漠，由大沙沙漠、维多利亚大沙漠、吉布森沙漠和辛普森沙漠组成，它们的面积大约占澳大利亚总面积的20%。

维多利亚大沙漠

　　和其他沙漠不同，维多利亚大沙漠有非常丰富的地下水，这为当地人和牲畜提供了饮水的便利，同时也支持了农田灌溉。

吉布森沙漠

　　吉布森沙漠是一片壮丽的红色沙漠。这里的沙粒里含有铁，铁暴露在空气中就会被氧化，呈现出红色，十分漂亮。

艾尔斯石

　　艾尔斯石是世界著名的巨石之一，令人惊讶的是，艾尔斯石像拥有魔法一样，不同的时间会呈现不同的颜色。早上，太阳缓缓升起，巨石变成了鲜艳夺目的浅红色；中午，又变成了橙红色；傍晚太阳落山时，又变成了亮红色。

辛普森沙漠

　　辛普森沙漠也是一片红色沙漠。它的波纹非常独特，一条一条平行排列，从南向北，铺满了整片沙漠。

大沙沙漠

　　大沙沙漠里有丰富的矿产，比如煤、天然气、石油、铁矿石、铅、锌、铜等，其中，金矿储量居世界前列。

风是唯一的声音

　　澳大利亚沙漠里没有高大树木。每天，狂风总是肆无忌惮地在沙漠上呼啸而过，它们是这里唯一的声音。

沙漠花园

　　澳大利亚沙漠里的植物非常丰富。一位植物学家在澳大利亚沙漠里旅行时，收集到3600多种植物标本，展现了沙漠中惊人的生物多样性。

树袋熊

肉乎乎的仙人掌

仙人掌的故乡在美洲和非洲沙漠，墨西哥素有"仙人掌王国"之称。

① 仙人掌树

在厄瓜多尔的加拉帕戈斯群岛，有些仙人掌竟高达数米，树干直径达1米，人走进去，仿佛置身巨人国！

下雨时，仙人掌的茎会把水分储存在里面。

② 加那利大戟

在加那利群岛，有一种植物常常被误认为是仙人掌，它就是加那利大戟。它的外表几乎和仙人掌一模一样，不同的是，仙人掌花又大又漂亮，而大戟花由许多小花组成。

③ 巨柱仙人掌

在美洲的索诺拉沙漠中，生活着仙人掌家族中的"巨人"——巨柱仙人掌。它们高10～15米，最大的仙人掌里面可以存1吨水，有的甚至能活200多年。

④ 霸王花

霸王花的花冠很大，绽放时十分霸气，所以人们赞美其为"霸王花"。现在人们吃的火龙果，就是霸王花的果实。

沙漠里的求生技巧

① 会"走路"的仙人掌

在秘鲁的沙漠里，生活着一种特别的仙人掌，叫步行仙人掌。在干旱缺水的沙漠中，步行仙人掌为了觅取自身需要的水分和养料，会随风滚动，遇到适宜的生活地时，再用它那些软刺构成的根，吸取水分"安营扎寨"，继续生长。

② 会调节体温的剑羚羊

在南非纳米比亚的沙漠里，剑羚羊具有独特的体温调节机制。白天的体温虽然可以达到较高水平，但它们能够保持头脑清醒，并通过一系列生理机制来应对高温环境。

③ 紫凤梨

在墨西哥的沙漠里，紫凤梨用根缠绕在大仙人掌上面。它们的叶上长满茸毛，不仅能从大仙人掌上吸取水分，还能从空气中吸收水、矿物质等营养物质，从而巧妙地活下来。

④ "喝雾"的雾采集甲虫

雾采集甲虫生活在纳米布沙漠里。每天清晨，它们倒立在沙丘上，把身体的一部分伸到雾气里。

雾气打湿它们的翅膀慢慢凝结成小水珠后，水珠就会顺着身体流进它们的嘴巴里。

⑤ 长寿的百岁兰

百岁兰的根很强壮，可以充分吸收土壤里的水分。而它的两片叶子像带子一样伸展，可以很好地利用周围空气中的水汽。百岁兰凭着这种独特的生存策略，可以存活数百年。

沙漠旅行的必备物品

沙漠里的气候、环境非常糟糕，一旦迷失方向，将十分危险。想要去沙漠旅行，一定要做好充分的准备和规划，尤其要准备良好的装备哟！

太阳镜

既能遮光，又能防风沙。

遮阳帽

保护皮肤不被晒伤。

望远镜

时刻注意周围的情况。

指南针

不会让你迷失方向。

鞋子

灵巧结实的鞋子，会让你走起来更轻松。

地图

清楚自己的前进目标。

手电筒

如果要在沙漠中过夜，它可是非常重要的哟！

越野车

越野车是非常理想的沙漠交通工具。

安全小警示

沙漠地区危险重重，前往旅行、探险需慎重！小朋友更不要独自前往！

饮用水

宁可少带点食物，也要多带些水哟！